The Adventures of
Marco Flamingo in the Cave

Las aventuras de
Marco Flamenco en la cueva

Written and Illustrated by
Escrito e ilustrado por
Sheila Jarkins

To my grandson, Ty Daniel, with love.

Text and Illustration ©2012 Jarkins, Sheila
Translation ©2012 Raven Tree Press

Jarkins, Sheila

The Adventures of Marco Flamingo in the Cave / written and illustrated by Sheila Jarkins; translated by Cambridge BrickHouse = Las aventuras de Marco Flamenco en la cueva / escrito e ilustrado por Sheila Jarkins; traducción al español de Cambridge BrickHouse —1 ed. — McHenry, IL ; Raven Tree Press, 2012.

p. ; cm.

SUMMARY: The comical adventures of Marco continue as your favorite flamingo and his friends explore a cave.

Bilingual Edition
ISBN 978-1-936402-00-7 hardcover

Audience: pre-K to 3rd grade.

1. Humorous Stories—Juvenile fiction. 2. Animals/Birds— Juvenile fiction.
3. Bilingual books—English and Spanish. 4. [Spanish language materials-books.]
I. Illust. Jarkins, Sheila. II. Title. III. Las aventuras de Marco Flamenco en la cueva

Library of Congress Control Number: 2011921174

Printed in Taiwan
10 9 8 7 6 5 4 3 2 1
First Edition

Free activities for this book are available at www.raventreepress.com

Raven Tree Press
A Division of Delta Systems Co., Inc.
www.raventreepress.com

"Thank you."
—Gracias.

Marco's jungle adventure was over.
Soon, he would be home with his flamingo friends.
"Have a snack before you go," said Monkey.

La aventura de Marco en la jungla había terminado.
Pronto estaría en su hogar, con sus amigos flamencos.
—Come algo ligero antes de salir —dijo Mono.

"I can't believe my eyes," said Marco.
"My flamingo friends are here!"

—No puedo creer lo que veo —dijo Marco—.
¡Mis amigos flamencos están aquí!

"We wanted to surprise you," said Shelly.
"Hop on," said Coral.
"Let's have an adventure together," said Webb.
"Great!" said Marco. "Let's go."

—Queríamos darte una sorpresa —dijo Shelly.
—Súbete —dijo Coral.
—Vamos a buscar aventuras —dijo Webb.
—¡Genial! —dijo Marco—. Vamos.

They traveled through grasslands...

Viajaron por las praderas hacia el noroeste...

along rivers...

a lo largo de ríos...

into the desert.

por el desierto.

Then the engine overheated and died.
"Oh no, we're doomed," said Coral.

Entonces el motor se recalentó y dejó de funcionar.
—Oh, no, estamos perdidos —suspiró Coral.

"An adventure must have some excitement
to be an adventure," said Marco. "Follow me."

—No hay aventura sin emociones —dijo Marco—.
Sígueme.

"When will this sandstorm be over?"
—¿Cuándo va a terminar esta
tormenta de arena?

"Adventure is for the birds!"
¡Las aventuras son
para los pájaros!

"Hurry, a rest stop ahead!"
said Marco.

—¡Apúrate, hay un área
de descanso más adelante!

"This is NOT fun, Marco."
—Esto no es divertido.

"Look, caves," said Marco.
"What a perfect place for an adventure!"

—Mirren cuevas —dijo Marco—.
¡El lugar perfecto para una aventura!

Marco's friends followed him
to the mouth of the cave.
Marco walked right in.

Los amigos de Marco lo siguieron
hasta la entrada de la cueva.
Marco entró enseguida.

"I'm not going in there! It's too dark."
—Yo ahí no entro. ¡Está demasiado oscuro!

"Marco, come out!" called Shelly.
"Are you okay?" hollered Coral.
"Say something," demanded Webb.

"Hurry!" shouted Marco.
"It's great in here."

—¡Marco, sal de ahí! —gritó Shelly.
—¿Estás bien? —gritó Coral.
—Di algo —gritó Webb.

—¡Apúrense! —repuso Marco.
Se está muy bien aquí.

15

Leopard, Snake, Vulture and Goat became friends with Marco.
They swam in the cave pool, climbed the cave walls,
and dangled from the cave teeth.

"I wish my flamingo friends were here
to have fun with us," sighed Marco.
"We'll get them in the cave," said Leopard.
"See you later, Marco."

Leopardo, Serpiente, Buitre y Cabra se hicieron amigos de Marco.
Todos nadaron en la charca de la cueva,
se colgaron de las estalactitas,
y se treparon por las paredes de la cueva.

—Ojalá estuvieran aquí mis amigos flamencos
para divertirnos juntos —dijo Marco.
—Los traeremos a la cueva —dijo Leopardo—.
Nos vemos luego, Marco.

17

"Wow!" said Marco. "Salamanders."

—¡Oh! —dijo Marco—. Salamandras.

"Yikes!" cried Shelly. "A leopard."

—¡Guácala! —gritó Shelly—. Un leopardo.

"Wow!" said Marco. "Crickets."

—¡Oh! —dijo Marco—. Grillos.

"Run!" cried Coral. "A snake."

—¡Corran! —gritó Coral—. Una serpiente.

21

"Wow!" said Marco. "Swallows."

—¡Oh! —dijo Marco—. Golondrinas.

"Look alive!" cried Webb. "A vulture."

—¡Muévete! —gritó Webb—. Un buitre.

"Marco," the flamingo friends yelled. "Help! Help! Help!"

Suddenly, Goat gave Shelly, Coral, and Webb
a big boost into the cave.

—Marco —gritaban los amigos flamencos—. ¡Auxilio! ¡Auxilio! ¡Auxilio!

De pronto, Cabra empujó a los tres tímidos amigos
hacia el interior de la cueva.

"YOWIEEEEEEEE."

"HUUURRRRAAAAAA".

Dear Shelly, Coral and Webb,

Keep going.
You are in for a big surprise!

Your friend,
Marco

Queridos Shelly, Coral y Webb:

Sigan adelante.
¡Los espera una gran sorpresa!

Su amigo,
Marco

"Look, a message."
—Miren, un mensaje.

27

"We found you!" cried Shelly.
"Look at all those bats!" cried Coral.
"Is that the surprise?" cried Webb.

"No," said Marco. "Turn around…

—¡Te encontramos! —gritó Shelly.
—¡Miren todos aquellos murciélagos! —gritó Coral.
—¿Esa era la gran sorpresa? —exclamó Webb.

—No —dijo Marco—. Dense vuelta…

...and meet my new friends."

...y conozcan a mis nuevos amigos.

"Friends?"
—¿Amigos?

"You make friends with everyone, Marco."
—Tú te haces amigo de cualquiera, Marco.

"This was quite an adventure!
—¡Esto sí fue una aventura!"

Then they all danced
out of the cave together.

Luego todos se rieron y bailaron
en la entrada de la cueva.

31

Vocabulary

jungle
adventure
surprise
river
desert
cave
mouth (of the cave)
pool
salamander
leopard
snake
crickets
message
friend

Vocabulario

jungla
aventura
sorpresa
río
desierto
cueva
entrada (de la cueva)
charca
salamandra
leopardo
serpiente
grillos
mensaje
amigo